D1513390

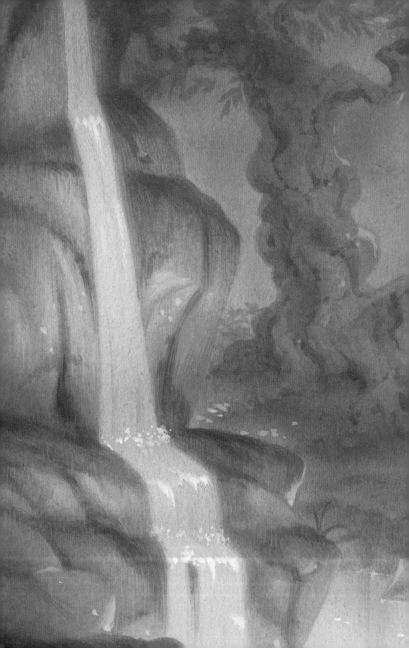

Clochette
a des ennuis

TEXTE
KIKI THORPE

ADAPTATION
KATHERINE QUENOT

ILLUSTRATIONS
JUDITH HOLMES CLARKE
& THE DISNEY STORYBOOK ARTISTS

PRESSES AVENTURE

© 2008 par Disney Enterprises, Inc. Tous droits réservés aux niveaux
international et panaméricain, selon la convention des droits d'auteurs aux
États-Unis, par Random House Inc., New York et simultanément au Canada,
par Random House du Canada Limité, Toronto, concurremment avec
Disney Enterprises Inc.

Publié par Presses Aventure, une division
de Les Publications Modus Vivendi Inc.
55, rue Jean-Talon Ouest, 2ᵉ étage
Montréal (Québec) Canada H2R 2W8

Paru sous le titre original : *Disney Fairies, The Trouble With Tink*

Dépôt légal - Bibliothèque et Archives nationales du Québec, 2009
Dépôt légal - Bibliothèque et Archives Canada, 2009

ISBN : 978-2-89660-060-1

Nous reconnaissons l'aide financière du gouvernement du Canada par
l'entremise du Programme d'aide au développement de l'industrie
de l'édition (PADIÉ) pour nos activités d'édition.

Gouvernement du Québec – Programme de crédit d'impôt
pour l'édition de livres – Gestion SODEC

Imprimé en Chine.

Tout sur les fées

Si vous vous dirigez vers la deuxième étoile sur votre droite, puis que vous volez droit devant vous jusqu'au matin, vous arriverez au Pays Imaginaire. C'est une île enchantée où les sirènes s'amusent gaiement et où les enfants ne grandissent jamais : c'est pour cela qu'on l'appelle l'île du Jamais.

Quand vous serez là-bas, vous entendrez sûrement le tintement de petites clochettes. Suivez ce son doux et léger et vous parviendrez alors à Pixie Hollow, qui est le cœur secret du Pays Imaginaire.

Au centre de Pixie Hollow s'élève l'Arbre-aux-Dames, un grand et vénérable érable, où vivent et s'affairent des centaines de fées et d'hommes-hirondelles. Certains d'entre eux excellent en magie aquatique, d'autres volent plus vite que le vent et d'autres encore savent parler aux animaux. C'est que, voyez-vous, Pixie Hollow est le Royaume des Fées et chacune de celles qui habitent là a un talent unique et extraordinaire...

Non loin de l'Arbre-aux-Dames, nichée dans les branches d'un aubépinier, veille Maman Colombe, le plus magique de tous ces êtres magiques. Jour et nuit, elle couve son œuf tout en gardant un œil vigilant sur ses chères fées qui, à leur tour, la protègent de tout leur amour.

Aussi longtemps que l'œuf magique de Maman Colombe existera, qu'il sera beau, bleu, lisse et brillant comme au premier jour, aucun des êtres qui peuplent le Pays Imaginaire ne vieillira. Il était arrivé pourtant un jour que cet œuf soit brisé. Mais nous n'allons pas raconter ici le périple de l'œuf. Place maintenant à l'histoire de Clochette !

1

Par un bel après-midi ensoleillé que rafraîchissait une brise légère, Clochette se trouvait dans son atelier. Elle observait un chaudron en cuivre en fronçant les sourcils d'un air contrarié. D'une main, la fée tenait son marteau de Rétameuse. De l'autre, elle tiraillait sa frange blonde, comme chaque fois qu'elle était préoccupée. Le chaudron avait été aplati sur un de ses côtés et Clochette essayait de lui rendre sa forme. Autour d'elle était disposé tout un attirail de ferronnerie : des paniers remplis de rivets, des petits morceaux de fer-blanc, des tenailles, du fil de fer, et la paille de fer qui lui servait à frotter un ustensile jusqu'à ce qu'il brille comme un miroir. Sur les murs de l'atelier étaient suspendues des reproductions de quelques-unes des poêles, louches et baignoires sur lesquelles elle avait exercé son talent. La fée avait un faible pour les cas difficiles...

Clochette était une Rétameuse dont la plus grande joie au monde était de réparer des objets. Elle éprouvait un amour immodéré pour tout ustensile en métal fendu ou cabossé. Même son atelier était installé dans une bouilloire en fer-blanc venant de l'Autre Monde, qu'elle avait récupérée sur la plage et remise à neuf.

Bing! Bing! Bing! La fée commença à frapper avec son marteau. Elle modelait le cuivre aussi facilement que si elle avait effacé les plis d'une couverture du revers de la main.

Elle avait presque fini quand une ombre tomba sur son établi. Levant les yeux, elle aperçut une silhouette dans l'encadrement ensoleillé de sa porte. Le nouveau venu étincelait.

– Oh, salut Terence! Rentre donc, l'invita Clochette.

Le visiteur sortit de la lumière du soleil, mais il continuait néanmoins à scintiller de mille feux.

La raison en était que Terence était un Empoudreur. Il dosait et distribuait cette fameuse poussière de Fées qui permet aux fées du Pays Imaginaire de voler et d'accomplir leur magie. C'est pour cela qu'il était plus poudreux que la plupart des fées et qu'il étincelait tout le temps.

– Salut Clochette, es-tu au travail? Je veux dire, oui, je vois bien que tu travailles! Mais as-tu bientôt fini? Oh, quel joli chaudron!

Terence avait débité toutes ces paroles d'un seul trait.

– Il appartient à Violette, répondit Clochette. Les Teinturières colorent demain la soie d'araignée et Violette en a besoin pour faire bouillir sa teinture.

Elle loucha sur les mains de Terence, puis soupira en constatant qu'elles étaient vides. L'homme-hirondelle passait à l'atelier de la fée presque chaque jour. Bien souvent, il lui apportait une casserole cabossée ou une passoire ratatinée. D'autres fois, comme aujourd'hui, il n'apportait que lui-même.

– Oui, c'est exact, dit-il. C'est demain le jour de la teinture. J'ai vu les Cueilleuses apporter des myrtilles. Elles ont fait une bonne récolte cette année. Les Teinturières devraient en tirer une belle couleur bleu profond.

Tandis que le visiteur continuait à deviser de choses et d'autres, Clochette ne voyait que son petit chaudron en cuivre qui l'attendait. Elle reprit son marteau, puis le reposa à regret. Il ne serait pas poli de commencer à travailler tout de suite. La fée aimait bien parler avec Terence, mais elle aimait encore plus son travail de Rétameuse.

– À propos, Clochette, reprit l'homme-hirondelle, je venais te dire qu'ils ont déjà commencé à jouer à chat dans la prairie. J'ai pensé que tu aimerais peut-être te joindre à nous...

L'extrémité des ailes de Clochette frémirent. Cela faisait une éternité qu'on n'avait pas fait une partie de chat à Pixie Hollow. Soudain, elle éprouva un désir de jouer aussi violent qu'une envie d'éternuer.

Elle baissa à nouveau les yeux sur son réci-pient. La bosse était presque effacée. Elle aurait largement le temps de faire une partie, puis de terminer son travail avant le dîner.

Se levant de son établi, la fée glissa son marteau de Rétameuse dans une boucle accro-chée à sa ceinture et adressa un sourire à Terence.

– Allons-y! dit-elle.

Quand ils arrivèrent à la prairie, le jeu de chat battait son plein. Les fées se poursuivaient dans tous les sens et, avec leurs robes de toutes les couleurs, leurs mouvements dessinaient comme une mosaïque bariolée dans les airs.

Le jeu de chat des fées diffère un peu de celui auquel jouent les humains (que les fées appellent des Empotés). Les fées volent, plutôt qu'elles ne courent et, pour éviter que les fées Véloces ne gagnent toujours, elles ont le droit d'utiliser leurs talents, ou spécialités magiques. Pour pouvoir attraper une fée, il faut lui donner une petite tape sur la tête et lui dire «je te choisis». Du même coup, toutes les fées de sa spécialité sont «choisies» en même temps.

Les parties de chat chez les fées sont longues, compliquées et très excitantes.

Clochette et Terence étaient à peine entrés dans le jeu qu'on les attaqua avec une énorme goutte d'eau. Terence l'esquiva, tandis que la goutte éclatait sur un pissenlit qui se trouvait derrière lui. Les nouveaux venus comprirent que c'étaient donc les fées Aquatiques qui étaient « choisies ».

Tout en fonçant dans l'herbe haute, les Aquatiques projetaient des balles d'eau sur les autres fées. Quand celles-ci étaient touchées, les balles éclataient comme des ballons de baudruche et leurs ailes étaient mouillées, ce qui les ralentissait et aidait les Aquatiques à les rattraper.

Mais les autres talents avaient déjà organisé leur défense. Les Soigneuses — Beck et Fawn à leur tête — avaient réquisitionné un petit groupe d'écureuils qu'elles chevauchaient quand leurs ailes mouillées ne leur permettaient plus de voler. Les Lumineuses, quant à elles, courbaient les rayons du soleil pour les envoyer dans les yeux des fées lancées à leur poursuite, de manière à les éblouir.

Clochette vit que les Rétameuses avaient transformé des baignoires en catapultes improvisées. Elles essayaient d'intercepter au vol les balles d'eau pour les renvoyer sur les Aquatiques. La fée se dépêchait de rejoindre son groupe, quand elle entendit une voix au-dessus d'elle crier :

– Attention à toi, Clochette ! Je vais te choisir !

Elle leva les yeux. Son amie Rani, une Aquatique, volait en cercles au-dessus d'elle, montée sur le dos d'une Colombe.

Rani était la seule fée du royaume qui n'avait pas d'ailes. Elle se les était coupées pour sauver le Pays Imaginaire quand l'œuf de Maman Colombe avait été détruit. Maintenant, c'était Frère Colombe qui volait pour elle.

Levant son bras, la fée Aquatique lança sa balle d'eau. Mais, au lieu d'aller droit, celle-ci zigzagua et s'écrasa à bonne distance de Clochette. Les deux fées éclatèrent de rire en même temps.

– Je tire vraiment comme une patate ! s'exclama Rani avec beaucoup de bonne humeur.

À ce moment précis, les Rétameuses firent partir une catapulte et l'eau aspergea Rani, si bien qu'elle fut trempée comme une soupe. La fée Aquatique riait de plus en plus fort.

Soudain, un cri de victoire s'éleva :

– Je te choisis !

Ce cri se propagea à travers la prairie. Toutes les fées s'arrêtèrent en plein vol et se retournèrent. Une fée Aquatique du nom de Tally se tenait au-dessus de Jérome, un Empoudreur. Les mains de Tally étaient posées sur la tête de l'homme-hirondelle.

– Empoudreur ! claironna Jérome.

À ces mots, les fées changèrent de place à toute vitesse. Toutes celles qui se trouvaient à côté d'un Empoudreur ou d'une Empoudreuse s'éloignaient à tire-d'aile, tandis que les autres continuaient à voleter en surveillant les moindres faits et gestes des nouveaux attaquants.

Clochette aperçut Terence, qui se trouvait à côté d'une souche d'arbre, à quelques mètres d'elle. L'Empoudreur lui décochait un large sourire qui en disait long. Clochette lui répondit par un petit sourire en coin, puis elle partit comme une flèche. En un éclair, Terence était à ses trousses.

Vite, la fée plongea dans un buisson d'azalées en riant. Terence la talonnait. Clochette avait mal aux côtes, à force de rire. Elle se mit à entrer et ressortir à toute vitesse du buisson, comme un tourbillon. Puis, après avoir effectué un virage en épingle à cheveux autour d'une grosse branche, elle visa une ouverture dans le feuillage pour repartir en direction du pré.

Mais soudain les branchages se refermèrent devant la fée comme une grille. Clochette s'arrêta net et regarda, impuissante, les branches s'accrocher les unes aux autres. En se servant d'un peu de poussière, Terence venait de la mettre en cage. C'était de la magie élémentaire, mais la fée était prisonnière! Elle se retourna vers Terence, qui voletait vers elle.

– Je te choisis, lui dit-il en lui mettant la main sur la tête.

Mais il le dit très doucement. Tellement doucement qu'aucun des autres joueurs ne pouvait l'entendre...

C'est alors qu'un cri très différent résonna à travers le pré.

– Un faucon!

Clochette et Terence se laissèrent aussitôt tomber sous les branches de l'azalée. À travers le feuillage, ils virent les autres fées se mettre à l'abri. L'Éclaireur qui avait repéré le faucon se cacha dans les branches d'un orme voisin. Tout le pré sembla retenir son souffle, tandis que l'ombre du faucon le traversait.

Une fois le prédateur parti, les fées atten-
dirent quelques instants, puis elles sortirent
lentement de leurs cachettes. Mais l'ambiance
joyeuse était tombée. La partie de chat était
terminée.

Clochette et Terence jaillirent du buisson.

– Je dois finir le chaudron à teinture de Violette avant le dîner, annonça Clochette. Je te remercie de m'avoir prévenue pour le jeu.

– Je suis vraiment content que tu sois venue, Clochette, répondit Terence.

Il lui adressa un sourire resplendissant, mais Clochette ne le vit pas. Elle volait en pensant déjà à son chaudron. Ses doigts lui démangeaient de se remettre au travail. Avant même d'être arrivée à son atelier, elle porta la main à sa ceinture pour attraper son marteau. Mais ses doigts ne rencontrèrent que la boucle en cuir.

La fée s'arrêta net dans son vol. Ses doigts tâtaient frénétiquement sa ceinture. Plus de marteau !

2

Clochette volait en rase-mottes en revenant sur ses pas. Ses yeux balayaient le sol autour d'elle. Elle espérait apercevoir un reflet de métal dans l'herbe haute.

« Idiote, se disait-elle. Espèce d'idiote de fée. »

Quand elle arriva au pré, son cœur se serra. Les arbres, tout au fond, projetaient leurs longues ombres sur le sol. Le pré lui semblait immense, comme une grande jungle d'herbes enchevêtrées et de fleurs sauvages. Comment espérer jamais retrouver son marteau là-dedans ?

À ce moment, son regard se posa sur le buisson d'azalées.

« Mais bien sûr, pensa-t-elle, cela doit être ici qu'il est tombé quand j'essayais d'échapper à Terence ! »

Volant jusqu'au buisson, elle inspecta chaque centimètre de terrain et chaque branche, en s'attardant particulièrement aux endroits où le marteau aurait pu s'accrocher. Elle vérifia encore et encore, en pure perte.

Retenant ses larmes, la fée retraversa le pré. Elle essayait de se souvenir par où elle était passée en jouant à chat, mais c'était impossible. Elle décida donc de ratisser le pré, centimètre carré par centimètre carré. Elle écartait les pétales des fleurs sauvages, sondait du regard l'entrée des terriers de lapin : elle cherchait partout, même là où il était impossible que le marteau puisse se trouver.

Petit à petit, le soleil rougeoyant s'enfonça derrière l'horizon et disparut. Un mince croissant de lune s'éleva dans le ciel. La nuit était si sombre que, même si Clochette était passée au-dessus de son marteau, elle ne l'aurait pas vu.

En réalité, cela faisait longtemps que l'outil de la fée n'était plus là. Une corneille l'avait repéré plusieurs heures auparavant et, séduite par son éclat, elle l'avait emporté dans son nid.

Quand, lentement, Clochette rebroussa chemin vers l'Arbre-aux-Dames, l'herbe était déjà humide de rosée. Tandis qu'elle volait, des larmes de désespoir roulaient sur ses joues. Elle les essuya du revers de la main.

«Que vais-je devenir sans mon marteau?» se demandait-elle.

Il était son principal outil. Elle pensa à son chaudron en cuivre qui l'attendait patiemment dans son atelier et de nouvelles larmes jaillirent de ses yeux.

On aurait pu croire que Clochette pouvait se procurer facilement un nouveau marteau de Rétameuse. Mais ce n'était pas le cas. Au Royaume des Fées, il n'y a aucun objet superflu. Tout existe en quantité nécessaire et suffisante,

ni plus ni moins. Pour fabriquer un nouveau marteau, il fallait qu'une fée Façonneuse-d'outils obtienne du fer du Pays Imaginaire. Or, c'étaient les fées Minières qui l'extrayaient. Mais, comme leur travail était difficile, elles ne descendaient à la mine qu'à chaque pleine lune.

Clochette leva les yeux vers le ciel. À en juger par le fin croissant qu'elle apercevait, il s'écoulerait pas mal de jours avant que la lune ne se remplisse.

Pour une Rétameuse, rester aussi longtemps sans travailler sur ses pots et casseroles était aussi horrible que d'être privée de manger ou de dormir. Clochette ne supportait tout simplement pas cette idée.

Mais elle souffrait aussi pour une autre raison. La fée avait un secret. En fait, elle possédait bien un marteau de rechange. Le problème était qu'il se trouvait dans l'antre de Peter Pan. Clochette l'avait malencontreusement laissé là, il y avait maintenant bien longtemps, et elle avait terriblement peur de retourner le chercher.

Quand la fée arriva à l'Arbre-aux-Dames, elle était trop bouleversée pour aller dormir. Volant jusqu'à la plus haute branche, elle s'y installa et, la tête levée vers les étoiles, elle se demanda ce qu'elle devait faire.

Peter Pan... Cela faisait bien longtemps qu'elle n'avait pas pensé à lui. Elle revoyait ses cheveux roux ébouriffés, son nez piqueté de taches de rousseur et si joliment retroussé, et ses yeux qui avaient l'air si heureux quand il riait...

Elle se souvenait aussi du jour où ils étaient allés ensemble au lagon lancer des pierres dans l'eau. L'une d'elles avait blessé la queue d'une sirène, au moment où celle-ci plongeait sous l'eau. La créature aquatique les avait invectivés avec une telle fureur qu'ils avaient fui jusqu'à l'autre bout de l'île sans pouvoir s'arrêter de rire.

Le cœur de Clochette lui faisait mal. Jamais elle ne se laissait aller à penser à Peter Pan. Tous deux s'étaient à peine parlé depuis le jour où il avait amené cette Wendy au Pays Imaginaire.

Non, elle n'irait pas chez Peter chercher son marteau. Cela la rendrait vraiment trop triste.

«Je me débrouillerai autrement», se dit-elle.

Après tout, qu'était-ce qu'un marteau? Juste un outil parmi d'autres.

3

Clochette dormit d'un sommeil agité cette nuit-là. Aux premières heures du jour, alors que les autres fées étaient encore au lit, elle se glissa hors de l'Arbre pour prendre la direction de la plage.

Sur une rive du lagon se trouvait une petite grotte, dans laquelle on ne pouvait entrer qu'à marée basse. Une fois arrivée là, Clochette se posa sur le sable humide, couvert de galets polis par la mer. C'était dans cette grotte que Peter avait ramassé les cailloux qu'ils avaient lancés dans l'eau : les souvenirs remontaient à la mémoire de Clochette, sans qu'elle puisse rien y faire...

Lentement, la fée avançait, les yeux fixés au sol, en se frayant avec précaution un chemin entre les galets dont beaucoup étaient aussi gros que sa tête. Ils étaient tout lisses et brillants d'humidité.

Elle finit par jeter son dévolu sur un galet de couleur rougeâtre qui, à l'échelle humaine, avait la taille et la forme d'une graine de tournesol. Elle le lança en l'air et le rattrapa.

– Cela pourra peut-être faire l'affaire ! fit-elle à voix haute dans la grotte vide.

Faire l'affaire... l'écho lui renvoya sa voix.

Comme la marée montait et que les vagues commençaient à pénétrer dans la grotte, Clochette partit en tenant le galet serré fermement dans son poing.

De retour à son atelier, elle fixa la face plate du caillou sur un morceau de bois avec du fil de fer. Puis, en s'aidant d'une pincée de poussière de Fées, elle serra le fil de fer pour que le caillou soit parfaitement ajusté. Alors, elle souleva son marteau improvisé :

– Pas si mal, dit-elle d'une voix qu'elle essayait de rendre convaincante.

Prenant une grande inspiration, elle commença à donner de petits coups sur son chaudron.

Clanc ! Clanc ! Clanc !

Clochette grimaça, tandis qu'un bruit affreux résonnait à travers son atelier. À chaque coup, le récipient semblait frémir d'horreur.

– Je suis désolée, je regrette vraiment ! lui chuchota Clochette en essayant de taper plus doucement.

Le travail n'en finissait pas et chaque coup donné avec le galet laissait une petite marque. Lentement, le chaudron reprenait sa forme, mais la surface du récipient, de lisse et brillante, était devenue aussi crevassée et grêlée que la peau d'une orange.

Clochette se retenait de pleurer.

«Ça ne va pas! se dit-elle. Ce caillou ne fait pas du tout l'affaire!»

Elle levait le bras pour frapper un dernier coup sur la cuve, quand le galet se détacha du manche. Il s'écrasa avec fracas sur un amas de chutes de métal, comme pour dire qu'il était bien de cet avis.

À ce moment précis, la porte de l'atelier de Clochette s'ouvrit en grand et une fée entra.

Elle portait une robe de gaze dont les motifs bleus et verts avaient été obtenus en nouant le tissu avant de le plonger dans la teinture. Ses joues étaient peinturlurées de rose, sa tête hérissée de tire-bouchons de cheveux rouges, et ses mains étaient tachées de violet par le jus des myrtilles. Elle avait l'air d'être tombée dans une boîte d'aquarelle! C'était Violette, une Teinturière, la propriétaire du chaudron en cuivre...

– Clochette ! Dieu merci, tu as presque fini de…

La fée s'interrompit, bouche bée. Elle regardait Clochette qui se tenait penchée au-dessus de son chaudron, un manche de bois levé à la main, comme si elle allait jouer du tambour.

– Oh, Violette, bonjour ! Oui, je… j'en ai fini avec ton chaudron. C'est-à-dire, presque, rectifia Clochette.

Elle reposa son manche improvisé et, de l'autre main, tiRailla nerveusement sa frange.

– On dirait qu'il est… heu…, commença Violette en détaillant du regard son chaudron en cuivre complètement cabossé.

Clochette était la meilleure Rétameuse du royaume, aussi Violette ne voulait-elle pas avoir d'air de critiquer son travail.

– Il a besoin de quelques retouches, mais j'ai rectifié la partie aplatie, assura Clochette. Tu peux faire bouillir ta teinture sans problème, à présent. Si tu veux, on peut faire un essai.

La porte de l'atelier de Clochette s'ouvrit à nouveau. C'était encore Terence. Il tenait à la main une louche dont le manche était tellement plié qu'on pouvait se demander s'il n'avait pas essayé de faire un nœud avec.

– Salut, Clochette, lança-t-il, je t'ai apporté une louche à réparer. Oh, bonjour Violette ! Tu es passée faire un tour ? demanda-t-il tandis que son regard se dirigeait vers le récipient posé sur l'établi.

– Non... heu..., répondit Violette d'un air soucieux, je venais juste reprendre quelque chose.

– Ah ? dit Terence en regardant de nouveau le récipient avec surprise.

Sortant de son atelier, Clochette alla jusqu'à la citerne d'eau de pluie qui se trouvait devant sa porte. Elle y puisa un seau d'eau, revint, le posa sur son établi puis, sous les regards attentifs de Violette et de Terence, elle versa l'eau dans le chaudron.

– Tu vois ? dit Clochette à la Teinturière. Il est parfaitement...

Elle fut interrompue par un drôle de craquement métallique.

Puis, soudain, plinc ! plinc ! plinc ! plinc ! Un à un, des petits filets d'eau se mirent à ruisseler sur les flancs tout grêlés du chaudron. Celui-ci ressemblait plus à un arrosoir qu'à un récipient dans lequel on pouvait faire bouillir de la teinture.

– Oh ! s'étranglèrent Violette et Terence.

Ils se tournèrent vers Clochette, les yeux écarquillés.

La Rétameuse se sentit rougir, tandis que ses yeux ne pouvaient se détacher du chaudron en cuivre. Elle n'avait encore jamais raté la réparation d'un récipient et, qui plus est, elle ne l'avait jamais rendu à son propriétaire plus abîmé qu'avant.

L'heure était grave, car aucune fée du Pays Imaginaire n'échouait jamais dans l'exercice de son talent. Si cela arrivait, il n'y avait qu'une seule explication : elle avait perdu son talent.

4

Il y eut un long silence gêné. Puis Violette s'éclaircit la voix et dit :

– Je peux sûrement partager un chaudron à teinture avec quelqu'un d'autre. Je reviendrai chercher le mien plus tard.

Après un dernier regard embarrassé à Clochette, elle se dépêcha de sortir.

Terence était perplexe lui aussi mais, en revanche, il n'était pas pressé de partir. Il posa sa louche tordue sur l'établi de la fée.

– Clochette, tu as l'air fatigué, dit-il d'une voix douce.

– Je ne suis pas fatiguée, répondit Clochette.

– Peut-être aurais-tu besoin de faire une pause ? suggéra Terence.

Mais il n'était pas convaincu lui-même que c'était de cela dont Clochette avait besoin.

– Pourquoi ne pas voler au salon de thé ? reprit-il. En venant chez toi, j'ai senti des muffins à la citrouille en train de cuire. L'odeur était déli...

– Je n'ai pas faim, coupa Clochette.

En réalité, elle avait une faim de loup. Elle n'avait pas encore pris son petit déjeuner, sans compter qu'elle n'avait pas dîné le soir précédent. Mais les fées de même talent prenaient toujours leurs repas ensemble et Clochette n'avait pas envie de bavarder avec les autres Rétameuses.

Soudain, elle sentit monter en elle une irritation envers Terence. Si l'Empoudreur ne lui avait pas parlé du jeu de chat, elle n'aurait jamais perdu son marteau. Clochette savait bien qu'elle était injuste, mais elle était si tracassée et si désemparée qu'elle avait besoin de s'en prendre à quelqu'un.

– Je n'ai pas envie de bavarder aujourd'hui, Terence, trancha-t-elle d'un ton sans appel.

Et elle se tourna vers une série de moules à pâtisserie qui attendaient d'être réparés.

– J'ai beaucoup de travail et j'ai déjà pris du retard, ajouta-t-elle en tiraillant sa frange.

– Ah...

Les épaules de Terence s'affaissèrent.

– Fais-moi signe si tu as besoin de quoi que ce soit, dit-il en se dirigeant vers la porte. Au revoir, Clochette.

Aussitôt Terence parti, la fée vola jusqu'à un bouleau voisin où travaillait un homme-hirondelle doué du talent de Menuisier. Elle lui demanda si elle pouvait lui emprunter son marteau et il accepta, à condition que Clochette le lui rapporte dans deux jours. Il ne s'en servirait pas, dit-il, avant d'avoir terminé de couper les planches de chêne dont il avait besoin pour effectuer certaines réparations dans l'Arbre-aux-Dames. Clochette le lui promit.

Deux jours : la fée ignorait ce qu'elle ferait après ces deux jours, mais ce n'était pas le moment d'y penser, du moins pas encore.

Quand Clochette retourna à son atelier, elle sentit que quelque chose avait changé. Une bonne odeur flottait dans l'air. C'est alors qu'elle aperçut sur son établi un plateau garni d'un muffin à la citrouille et d'une tasse de lait.

« Terence ! » pensa-t-elle. Elle regrettait de lui avoir parlé sèchement tout à l'heure...

Le muffin était moelleux, sucré et encore chaud et il fondit sous sa langue. Le lait était tiède et délicieusement vanillé.

Dès qu'elle eut mangé, Clochette se sentit mieux. S'emparant de son nouveau marteau, elle se mit au travail sur sa pile de moules à tarte. Ces moules n'étaient ni fendus ni cabossés, mais Dulcie, la fée Pâtissière qui les lui avait confiés, se plaignait qu'ils faisaient brûler toutes ses tartes. Clochette présumait que c'était dû à leur forme, à moins que le fond des moules ne soit trop mince.

Elle leva le marteau du Menuisier, qui était presque deux fois plus gros que son marteau habituel : Clochette se sentait aussi empotée qu'un Empoté. Mais il fallait reconnaître que l'outil était mille fois plus efficace que son galet.

Lentement, avec difficulté, la Rétameuse se mit au travail. Elle donna d'abord une nouvelle forme aux moules, avant d'ajouter une couche supplémentaire de métal sur le fond. Quand elle eut fini, elle contempla son ouvrage.

« Ce n'est pas ce que j'ai fait de mieux, pensa-t-elle, mais ce n'est pas si mal non plus. »

Ayant refait une pile de ses moules, elle les apporta à Dulcie, qui fut enchantée de les récupérer.

– Ne manque pas le thé cet après-midi, Clochette, lui dit la Pâtissière avec un clin d'œil malicieux en se frottant les mains pour se débarrasser de la farine qui y était collée. Nous faisons une tarte aux framboises! Je t'en mettrai une grosse part de côté.

Sur le chemin du retour vers son atelier, Clochette rencontra Prilla. Prilla était une jeune fée au nez piqueté de taches de rousseur et d'un dynamisme à toute épreuve. Dès que quelque chose l'excitait, elle faisait un saut périlleux ou sautait à l'envers sur ses mains.

– Clochette! s'écria-t-elle en s'élançant à la rencontre de la Rétameuse. Es-tu au courant?

– Au courant de quoi? demanda Clochette.

– De ce qui arrive à la baignoire de la Reine Ree!

Ree était le surnom affectueux que les fées donnaient à leur Reine Clarion.

– Elle s'est mise à fuir, expliqua Prilla. Le bain s'est complètement vidé pendant que Ree se lavait ce matin.

Les yeux de Clochette s'agrandirent. La baignoire était l'une des pièces de mobilier à laquelle la reine tenait le plus. De la taille d'une noix de coco, elle était faite d'étain du Pays Imaginaire, avec des feuilles de liseron sculptées sur ses flancs. Comble du raffinement, elle reposait sur quatre pieds en forme de pattes de lion et était fendue de deux encoches à l'arrière pour permettre à la Reine de garder ses ailes au sec quand elle prenait son bain.

Les doigts de Clochette frémissaient. Elle brûlait d'envie de s'attaquer au problème.

– Les dames d'honneur de la Reine ont eu beau chercher, elles n'ont pas trouvé par où l'eau fuyait, continua Prilla. J'ai pensé à toi quand j'ai

entendu cela, Clochette. Je suis sûre que la Reine
voudra que ce soit toi qui répares sa baignoire,
puisque tu es la plus habile !

Et la jeune fée sourit à Clochette, avant d'effectuer un saut sur les mains. Celle-ci lui rendit
un sourire qui révéla ses fossettes. C'était la
première fois que Clochette souriait depuis la
perte de son marteau.

– Je l'espère bien, Prilla, lui répondit-elle. Ce serait un grand honneur de m'occuper de la baignoire de la Reine.

Faisant une roue sur une main, Prilla décolla :

– À plus tard, Clochette !

Pendant tout l'après-midi, tandis qu'elle réparait le bec d'une bouilloire qui refusait de siffler, Clochette pensa à cette baignoire.

«Quelle sorte de fuite cela pouvait-il bien être ? se demandait-elle. Une fissure ou un trou en pointe d'épingle ?» Clochette souriait en envisageant toutes les hypothèses.

Quand elle eut fini de réparer sa bouilloire, il était presque l'heure du thé.

«Elles en auront besoin à la cuisine», se dit-elle en emballant le récipient dans un feutre. Elle allait le leur rapporter avant d'aller au salon de thé manger sa tarte aux framboises. L'estomac de Clochette gargouillait rien qu'en y pensant. La tarte aux framboises était sa préférée.

Mais quand la fée arriva à la cuisine, ce fut une odeur horrible qui l'accueillit. Elle se dépêcha de tendre la bouilloire à l'une des Cuisinières pour se boucher le nez à deux mains.

– Qu'est-ce que c'est que cette odeur? s'exclama-t-elle. Ce n'est pas la tarte aux framboises, quand même!

En guise de réponse, la Cuisinière lui lança un regard bizarre, avant de s'éloigner rapidement pour aller remplir la bouilloire d'eau.

La fée se mit alors en quête de Dulcie. Elle la trouva au fond de la cuisine. La Pâtissière était plantée devant des tartes fumantes qu'on venait de retirer du four et elle avait l'air prête à pleurer.

– Dulcie, mais que se passe-t-il? s'écria Clochette.

En voyant la Rétameuse, le front de Dulcie se fronça de rides soucieuses. La farine qui couvrait son visage les faisait apparaître encore plus nettement.

– Oh, Clochette ! gémit-elle. Je ne sais pas comment te dire ça. Ce sont les tartes. Elles sortent du four transformées en croûtes molles !

Clochette se tourna pour regarder les tartes fumantes. C'était donc de là que venait cette odeur horrible...

– On a tout essayé, reprit Dulcie. Quand on a vu que les tartes aux framboises étaient ratées, on a fait des tartes aux prunes. Puis aux cerises. Et même à la citrouille. Mais à chaque fois qu'on les sortait du four, elles étaient devenues des espèces de croûtes molles.

Le menton de Dulcie se plissa comme une pomme de reinette, tant elle se retenait de pleurer. Toute sa figure était chiffonnée.

Cet incident était un véritable désastre culinaire. Les fées ont horreur des croûtes molles. Elles trouvent que ça a un goût horrible de brocoli brûlé et de vieille chaussette.

– Est-ce que quelque chose ne va pas avec le four ? s'enquit Clochette.

Elle ne s'y connaissait pas vraiment en four mais, s'il y avait du métal dedans, elle pourrait probablement faire quelque chose.

Dulcie avala sa salive.

– Non, Clochette, dit-elle. Ce n'est pas le four. Ce sont les moules que tu as réparés. Seules les tartes que l'on cuit dedans sont ratées.

5

Clochette sentit son esprit vaciller. Elle s'écarta d'un pas de Dulcie mais, avant qu'elle ait eu le temps de dire quoi que ce soit, un sifflement strident fendit l'air.

L'eau bouillait dans la bouilloire. Un Cuisinier se dépêcha de la retirer du feu puis, d'une main experte, il en versa l'eau dans les tasses jusqu'à la dernière goutte.

Contre toute attente, la bouilloire continua à siffler. L'homme-hirondelle souleva le couvercle pour permettre à la vapeur de s'échapper, mais la bouilloire ne s'arrêta pas pour autant. Soudain, changeant de ton, elle se lança dans une chansonnette endiablée qu'elle se mit à siffler à tue-tête.

Toutes les fées qui se trouvaient dans la cuisine, y compris Clochette, se bouchèrent les oreilles. Celles qui bavardaient à côté, dans le salon de thé, passèrent leur tête par la porte en ouvrant de grands yeux.

– D'où vient tout ce bruit? demanda une Jardinière.

– C'est la bouilloire, celle qui refusait de siffler, lui répondit une des Pâtissières.

Une note encore plus aiguë que les autres la fit grimacer.

– Clochette l'a réparée, acheva-t-elle, et maintenant elle refuse de se taire.

– Tuuut... Tuuuuuuuuutut ! hurla joyeusement la bouilloire, comme si elle confirmait les
propos de la Pâtissière.

Toutes les fées présentes grimaçaient en
pressant leurs mains encore plus fort contre leurs
oreilles.

– Et les moules que Clochette a réparés ne valent pas mieux! lança une autre Pâtissière au-dessus du tintamarre. Les tartes qu'on y fait cuire deviennent de la croûte molle!

Un murmure parcourut la pièce. Qu'est-ce que cela signifiait? Est-ce que Clochette leur faisait une mauvaise farce?

Tous les regards se tournèrent vers la fée Rétameuse, qui rougit si profondément que son scintillement vira du jaune à l'orange. Tournant les talons, elle prit la fuite.

Assise à l'ombre d'un rosier sauvage, la fée était perdue dans ses pensées. Elle ne remarqua pas l'arrivée de Vidia, une fée Véloce, qui se posa subitement à ses pieds.

– Bonjour, Clochette chérie! la salua Vidia.

– Bonjour, Vidia, répondit Clochette.

De toutes les fées du Royaume, Vidia était celle que Clochette aimait le moins. Elle était jolie, avec de longs cheveux noirs, des sourcils bien dessinés et une petite moue sur les lèvres. Mais elle était égoïste et méchante. La manière dont elle souriait à Clochette n'augurait rien de bon.

– Je suis vraiment très triste d'apprendre que tu as des ennuis, ma petite Clochette ! pépia Vidia.

– Ce n'est rien, répondit Clochette. J'étais juste énervée. Je vais retourner à la cuisine et réparer la bouilloire.

– Oh, ne t'inquiète pas pour cela ! répondit la Véloce. Ton confrère Angus était au salon de thé, il a réussi à la faire taire, lui... Non, Clochette, reprit-elle, ce que je voulais dire, c'est que je suis désolée d'apprendre ce qui arrive à ton talent.

Clochette cligna des yeux.

– Que veux-tu dire ?

– Oh, tu ne sais donc pas ce qu'on raconte ? s'écria Vidia. Mais la nouvelle fait le tour du

Royaume! Ma Clochette adorée, on dit partout que tu as perdu ton talent.

– Quoi? fit Clochette en sautant sur ses pieds.

– C'est tellement injuste, n'est-ce pas, ma chérie? fit la Véloce en secouant la tête. Tu as toujours été une si bonne petite Rétameuse...

– Je n'ai pas perdu mon talent! gronda Clochette.

Ses joues brûlaient et elle serrait les poings.

– Puisque tu le dis... Mais, mon petit cœur, tu dois bien admettre que, ces derniers temps, ton travail n'a pas été particulièrement... inspiré. J'ai même l'impression que je m'en sortirais mieux que toi si je devais réparer des pots et des casseroles, ajouta-t-elle avec un petit rire. Mais, à ta place, je ne me tracasserais pas trop. Je suis sûre que la reine ne te chassera pas du Royaume pour toujours, même si ton talent est définitivement parti.

Clochette la regarda froidement.

«C'est toi que j'aimerais voir partir pour toujours», pensa-t-elle. Mais elle ne voulait pas donner à la Véloce le plaisir de la voir en colère.

– En effet, je n'ai pas d'inquiétude à ce sujet, Vidia, répondit-elle calmement.

– Tant mieux, fit celle-ci en lui décochant un hypocrite sourire de sympathie. Mais sait-on jamais? Après tout, tu es la première fée à perdre son talent. Mais je pense qu'on sera assez vite fixés sur ton sort car, vois-tu, mon petit cœur, je t'apporte un message de la Reine...

L'estomac de Clochette se noua. La Reine?

– Elle t'attend dans son kiosque du Belvédère, reprit Vidia. Je vais te laisser y aller seule, car tu as sûrement besoin de rassembler tes idées. Au revoir, Clochette!

Et avec un dernier sourire mielleux, Vidia s'envola.

Le cœur de Clochette battait la chamade. Qu'est-ce que c'était que toute cette histoire? Se pouvait-il vraiment qu'elle soit chassée du Royaume parce qu'elle avait perdu son talent?

«Mais enfin, je n'ai pas perdu mon talent! se reprit-elle avec indignation. J'ai juste perdu mon marteau.»

Réconfortée par cette pensée, Clochette prit une grande inspiration, redressa le menton et partit chez la Reine.

6

Un groupe de Cueilleuses se trouvait sur le chemin du Belvédère, en train de remplir des brouettes de graines de tournesol pour la cuisine. Elles riaient et bavardaient en travaillant mais, dès qu'elles virent Clochette, elles se turent et la regardèrent passer en silence. La fée aurait pu jurer qu'elle avait entendu l'une d'elles chuchoter le mot « talent ».

«Alors c'est bien vrai, se dit-elle. Tout le monde pense que j'ai perdu mon talent!»

Elle passa devant un autre groupe de fées qui la dévisagèrent, l'œil rond et la bouche ouverte, comme si elles la voyaient pour la première fois. Clochette se renfrogna. Elle avait toujours eu horreur des potins et maintenant plus que jamais.

Le kiosque du Belvédère était perché au sommet d'un rocher qui surplombait le Royaume des Fées. Un tapis de mousse moelleux accueillait les visiteurs à l'entrée. Clochette se posa. Tout autour d'elle tintinnabulaient des carillons de coquillages, suspendus un peu partout.

Elle entra. L'intérieur du Belvédère était inondé d'une lumière pourpre. Celle-ci provenait du toit, fait de milliers de pétales de violette qui tamisaient les rayons du soleil. Et le sol était tapissé de délicates aiguilles de pin, qui embaumaient l'atmosphère.

La reine Ree se tenait sur l'un des balcons. Elle contemplait le miroitement bleu du Lagon des Sirènes, qu'on apercevait au loin. Entendant Clochette, elle se retourna.

– Entre donc, Clochette, lui dit-elle.

Clochette s'avança. Puis elle attendit respectueusement.

– Clochette, comment te sens-tu ? interrogea la Reine.

– Ça va, répondit Clochette.

– Est-ce que tu dors comme il faut ?

– Oui, je crois...

«Sauf la nuit dernière», ajouta-t-elle pour elle-même. Mais elle n'avait pas envie d'en parler à la Reine.

– Tu ne tousses pas ? Ta lumière n'a pas changé de couleur ? interrogea encore la souveraine.

– Non, répondit Clochette.

D'un seul coup, elle comprit. La Reine cherchait chez elle les symptômes de la myxomatose des fées. C'était une maladie rare, mais très contagieuse. Si Clochette l'avait attrapée, elle devait être mise en quarantaine.

– Je vais bien, je t'assure, dit-elle une fois encore pour rassurer la Reine. Vraiment bien.

La souveraine parut se détendre. Ce n'était qu'un très léger changement d'attitude, mais Clochette le remarqua et elle soupira aussi de soulagement. Elle était sûre maintenant que la Reine ne la bannirait pas. La souveraine ne donnerait jamais un ordre aussi brutal et injuste. Vidia avait été mesquine et méchante d'insinuer une chose pareille.

– Clochette, tu sais qu'il y a des rumeurs...

La Reine hésitait. Elle répugnait à répéter les ragots.

– Ils racontent que j'ai perdu mon talent, intervint Clochette pour éviter à la Reine de le dire elle-même. C'est un commérage méchant et mensonger. En fait...

La fée s'interrompit et se mit à tirailler sa frange. Elle craignait brusquement que la Reine lui reproche d'avoir été négligente si elle lui avouait qu'elle avait perdu son marteau.

Mais la souveraine attendait que Clochette poursuive. Comme rien ne venait, elle s'approcha de la fée et plongea son regard au fond de ses yeux bleus.

– Clochette, dit-elle, aurais-tu envie de me confier quelque chose ?

Elle le demandait d'une voix si gentille que Clochette dut lutter pour ne pas se laisser tomber sur le doux tapis d'aiguilles de pin et tout lui avouer : son marteau bricolé, celui qu'elle avait emprunté au Menuisier et même l'histoire de Peter Pan.

Mais elle n'avait jamais osé raconter cette histoire à une autre fée et elle ne se sentait pas le courage de le faire maintenant.

« De plus, se dit-elle, la Reine a d'autres soucis plus importants que la disparition de mon marteau. »

Clochette secoua la tête :

– Non, fit-elle. Rien de spécial... Je suis désolée que mon travail n'ait pas été excellent ces derniers temps. J'essaierai de faire mieux à l'avenir.

La Reine regarda attentivement Clochette. Elle sentait bien que quelque chose n'allait pas, mais elle ignorait ce que c'était. Elle savait seulement que Clochette ne voulait pas le lui dire.

– Très bien, dit-elle. Prends soin de toi, Clochette...

Une fois dehors, Clochette se sentit mieux. En fait, se disait-elle, elle avait eu tort de se faire tant de souci au sujet de cette entrevue. Peut-être que les choses n'étaient pas aussi graves que cela, après tout...

« Ce qu'il faut maintenant, pensa-t-elle avec un regain de confiance, c'est que je trouve un nouveau marteau. Alors tout rentrera dans l'ordre. »

– Clochette !

La Rétameuse baissa les yeux vers le sol. À sa grande joie, elle aperçut Rani et Prilla. Les deux fées barbotaient dans une mare avec de l'eau jusqu'aux genoux. Piquant pour les rejoindre, elle se posa au bord de l'eau.

– Mais que faites-vous ? leur demanda-t-elle en regardant avec étonnement leurs vêtements et leurs cheveux trempés.

Elle était accoutumée à voir Rani dans l'eau, mais Prilla n'était pas une fée Aquatique.

– Rani me montre comment faire des fontaines dans l'eau, expliqua Prilla. J'ai envie d'apprendre à faire la même chose dans la limonade des enfants de l'Autre Monde. Ce serait très amusant !

Le talent de Prilla lui permettait en effet de se rendre dans l'Autre Monde d'un clignement d'œil pour rendre visite aux enfants. Elle était la seule à posséder ce talent qui lui permettait de prouver aux enfants humains l'existence des fées. C'était vraiment un talent important car, chaque fois qu'un enfant cessait de croire en elles, une

fée mourait au Pays Imaginaire. Prilla était la seule à pouvoir l'empêcher.

Clochette regarda le bas trempé de la longue robe de Prilla. L'idée de se mouiller la glaçait jusqu'aux os. Elle était étonnée que Prilla puisse rester si longtemps dans l'eau.

– J'ai essayé tout l'après-midi, mais je ne peux pas faire mieux que ça, commença Prilla en prenant une pincée de poussière de Fées, qu'elle saupoudra sur l'eau.

Se concentrant de toutes ses forces, elle regarda intensément l'endroit où elle était tombée. Au bout d'un moment, quelques petites bulles montèrent et crevèrent à la surface.

– C'est comme si un têtard avait roté sous l'eau, commenta la jeune fée en soupirant. Regarde donc Rani maintenant !

À son tour, la fée Aquatique saupoudra une pincée de poussière de Fées sur l'eau avant de se concentrer sur l'endroit où celle-ci était tombée.

Aussitôt, une fontaine haute d'une trentaine de centimètres jaillit de la mare.

Clochette et Prilla battirent joyeusement des mains impressionnées.

– Je serais déjà heureuse d'arriver à faire une petite fontaine de rien du tout! dit Prilla à Clochette.

Clochette approuva, bien qu'elle eût un peu de mal à comprendre. Personnellement, elle n'avait jamais eu envie de faire de fontaine d'eau. Percevant un bruit étouffé, elle tourna la tête et, à sa grande surprise, vit que Rani pleurait.

– Je suis tellement désolée pour toi, Clochette! gémit la fée Aquatique.

D'une de ses nombreuses poches, elle sortit un mouchoir de pétales dans lequel elle se moucha.

En tant que fée Aquatique, Rani pleurait beaucoup et avait toujours un mouchoir à sa portée.

– J'ai tellement de peine pour ton talent ! continua-t-elle.

Le sourire de Clochette disparut et elle se mit à tirailler sa frange.

– Il n'y a aucune raison de se désoler, dit-elle en perdant patience. Mon talent va très bien.

– Ne te fais pas trop de souci, Clochette, s'interposa Prilla. Je comprends ce que tu ressens. Au début, quand je pensais que je n'avais pas de talent, c'était terrible.

En effet, contrairement aux autres fées, Prilla ne connaissait pas son talent quand elle était arrivée au Pays Imaginaire. Il lui avait fallu le trouver par elle-même.

– Peut-être devrais-tu essayer d'autres talents, continua la jeune fée. Tu finirais par en trouver un.

– J'ai déjà un talent, Prilla, répondit calmement Clochette.

– Mais peut-être t'en faudrait-il un deuxième ! Un talent de secours, quand le tien ne marche pas. Tu pourrais apprendre à faire des fontaines avec moi. Rani te montrerait, n'est-ce pas, Rani ?

La fée Aquatique reniflait de désespoir. Elle se sentait totalement impuissante à aider son amie. Quant à Clochette, elle tiraillait sa frange si fort qu'elle en arracha quelques cheveux. La suggestion de Prilla n'avait aucun sens pour elle. Elle n'avait jamais désiré faire autre chose que réparer des pots et des casseroles.

– Tu sais, Clochette, poursuivit Prilla, à ta place, je ne me ferais pas trop de souci au sujet de ce que tout le monde dit sur...

– Le dîner ? coupa Rani.

Prilla la regarda :

– Non, je voulais dire...

– Si, le dîner, l'interrompit une fois encore Rani d'un ton plus ferme.

Elle avait séché ses yeux et regardait Prilla avec insistance. La fée Aquatique voyait bien que le sujet bouleversait Clochette et elle voulait que Prilla se taise.

– C'est l'heure du dîner, n'est-ce pas ? reprit-elle.

– Oui, fit Clochette.

Mais la Rétameuse ne regardait plus ni Rani ni Prilla. Elle avait l'air complètement ailleurs.

Mettant ses doigts entre ses lèvres, Rani siffla. Il y eut un bruit d'ailes au-dessus de leurs têtes et, presque aussitôt, Frère Colombe se posa à côté d'elles. Il arrivait pour emmener Rani au salon de thé. La fée eut à peine le temps de monter sur son dos que Clochette s'était déjà envolée vers l'Arbre-aux-Dames sans dire un mot. Rani et Prilla la suivirent.

7

Une fois arrivées au salon de thé, Clochette leur dit au revoir et s'éloigna. Rani partit s'asseoir avec ses consœurs en compagnie de Prilla. Étant seule à posséder son talent, la fée Messagère avait été faite membre honoraire de nombre d'autres confréries et, à ce titre, elle était invitée à une table différente chaque jour. Ce soir, elle partageait la table des Aquatiques pour pouvoir s'entraîner à faire des fontaines dans son potage.

Clochette gagna une table placée sous un grand lustre, où les Rétameuses prenaient habituellement leurs repas. Les autres fées levèrent à peine les yeux lorsqu'elle s'assit.

– Je parie qu'il s'agit d'une fissure ! disait une fée nommée Zuzu. Un jour, figurez-vous que j'ai réparé un bol en étain, dans lequel on avait versé de l'eau bouillante, alors qu'il était encore froid. Il s'était fendu en plein milieu...

Les yeux brillants, la fée évoqua la réparation qu'elle avait effectuée.

– Mais ne crois-tu pas qu'il pourrait s'agir d'un problème au niveau de l'évacuation ? reprit Angus. Cela expliquerait qu'elle se soit vidée si vite...

Angus était l'homme-hirondelle qui avait réparé la bouilloire sifflante à la cuisine le jour même.

Une serveuse s'approcha de la table. Elle portait une grande soupière remplie de soupe aux boulettes de châtaignes. Clochette reconnut avec fierté la louche avec laquelle elle la servait. C'était une de ses réparations…

– De quoi parlez-vous ? demanda-t-elle en se penchant vers ses voisins.

Toutes les fées se tournèrent vers Clochette d'un air surpris, comme si elles venaient seulement de remarquer sa présence.

– Nous parlons de la baignoire de la Reine, expliqua Zuzu. Elle nous a demandé de venir la réparer demain, alors nous réfléchissons au problème.

– La baignoire ! s'exclama Clochette avec enthousiasme. J'y ai beaucoup pensé aussi. Il pourrait s'agir d'un trou en pointe d'épingle. Ce sont les fuites les plus sournoises. L'eau fuit goutte à goutte !

Clochette souriait largement, mais elle était bien la seule. Ses yeux firent le tour de la table. Les autres fées la regardaient sans mot dire ou

faisaient semblant d'être absorbées dans la contemplation de leur bol.

Soudain, Clochette réalisa que la Reine ne lui avait rien dit au sujet de sa baignoire tout à l'heure, au Belvédère.

– Clochette, commença doucement une fée du nom de Copper, nous sommes tombées d'accord pour qu'Angus et Zuzu aillent réparer la baignoire. Ils sont nos plus habiles Rétameurs... tout au moins ces derniers temps.

– Ah! dit Clochette. Bien sûr...

La fée avait du mal à avaler sa salive. C'était comme si une grosse boulette de châtaignes était restée coincée dans sa gorge.

Tous ses collègues la regardaient maintenant avec gentillesse et sollicitude. Mais Clochette constata aussi tristement qu'il y avait de la pitié dans leurs regards.

«Il me suffirait de leur dire à tous que j'ai perdu mon marteau, pensa-t-elle. Mais alors ils me parleraient de celui que je possède en remplacement et ils me demanderaient... »

Clochette n'alla pas plus loin dans son raisonnement. Jadis, elle avait négligé complètement ses pots et casseroles pour passer tout son temps avec Peter. Les autres Rétameuses ne pourraient jamais comprendre cela.

D'ailleurs, celles-ci changeaient de sujet pour aborder celui des pots fêlés et des bouilloires cassées qu'elles avaient réparés dans la journée. Clochette mangea sa soupe en silence pendant que les autres jacassaient et riaient.

Elle avait presque fini quand une exclamation de joie monta de la table des Aquatiques. Tournant la tête, elle vit que Prilla avait finalement réussi à faire jaillir une petite fontaine dans son bol.

« Maintenant, Prilla a deux talents, pensa-t-elle avec abattement. Et moi je n'en ai même pas un seul ! »

À peine eut-elle fini sa soupe qu'elle reposa sa cuillère et se glissa au-dehors. Les autres fées étaient si absorbées par leur conversation qu'elles ne s'aperçurent même pas de son départ.

Clochette gagna les branches les plus hautes de l'Arbre-aux-Dames pour s'installer au même endroit que la nuit précédente. Elle ne voulait pas retourner à son atelier, où l'attendaient des pots et des casseroles qu'elle ne pourrait pas réparer. Elle n'avait pas envie non plus d'aller dans sa chambre. Elle s'y sentait trop seule. Ici au moins, les étoiles lui tenaient compagnie.

«C'est peut-être vrai, finalement, que j'ai perdu mon talent, leur dit-elle en regardant le ciel. Sans mon marteau, je ne peux plus rien réparer. Ne rien pouvoir réparer ou avoir perdu son talent, ça revient au même!»

En guise de réponse, les étoiles se contentèrent de scintiller comme d'habitude.

De l'endroit où elle se tenait, Clochette pouvait voir l'aubépinier de Maman Colombe. Elle distinguait même la forme imprécise de son nid entre les branches. Maman Colombe était le seul être vivant du Royaume des Fées à connaître toute l'histoire de Clochette et de Peter. Clochette lui avait fait ses confidences au moment du passage de l'ouragan qui avait brisé les ailes de la Colombe et presque détruit le Pays Imaginaire. Sur la plage, au chevet de Maman Colombe, elle lui avait raconté toute l'histoire de son aventure avec Peter. Elle lui avait parlé aussi de cette Wendy que Peter avait amenée au Pays Imaginaire et comment, après cela, Peter l'avait complètement oubliée. Quel réconfort ce serait d'aller voir Maman Colombe! Elle saurait quoi faire, elle...

Mais quelque chose retenait Clochette. Elle se souvenait des mots de Maman Colombe, quand celle-ci l'avait accueillie le jour de son arrivée au Pays Imaginaire :

«Tu es Clochette, aussi solide et pure, brillante et charmante, précise et efficace, aussi indestructible qu'une cloche d'airain! Clochette, la plus courageuse de toutes mes petites fées qui sont arrivées depuis un an».

Clochette avait été si fière ce jour-là! Mais aujourd'hui, elle ne se sentait pas courageuse du tout. En tout cas, certainement pas assez pour aller voir Peter et récupérer son marteau...

Clochette ne supportait pas l'idée que Maman Colombe puisse ne plus la trouver ni courageuse, ni solide, ni efficace. La décevoir serait encore pire que de perdre son talent.

– Clochette! appela soudain une voix.

La fée se retourna. Terence se tenait derrière elle. Clochette était tellement perdue dans ses pensées qu'elle ne l'avait pas entendu approcher.

– Je n'ai toujours pas réparé ta louche, lui dit-elle d'un air misérable.

– Je ne suis pas venu pour la louche, répondit Terence, mais parce que je t'ai vue quitter le salon de thé. Je suis inquiet...

Comme la fée ne répondait rien, Terence alla s'asseoir sur la branche, à côté d'elle.

– Clochette, est-ce que ça va ? Tout le monde dit que...

Il s'interrompit. Tout comme la Reine, Terence répugnait à répéter la rumeur. Il trouvait cela trop blessant pour Clochette.

– ... que j'ai perdu mon talent ? termina la fée à sa place.

Elle soupira.

– Ils ont peut-être raison, Terence ! Je n'arrive plus à réparer quoi que ce soit. Tout ce que je touche ressort de mes mains plus abîmé qu'avant.

Terence marqua un instant de surprise. Il avait toujours admiré Clochette pour sa détermination farouche. Tout était farouche chez elle : l'arc de ses sourcils, sa volonté, même son sourire, presque féroce... Il ne lui avait jamais vu cet air vaincu.

– Je n'y crois pas, lui dit-il finalement. Tu es la meilleure Rétameuse du Royaume. Le talent, ça ne s'en va pas comme ça.

Clochette ne dit rien, mais elle était reconnaissante à Terence de ne pas prêter foi aux rumeurs, de croire toujours en elle.

– Clochette, reprit-il doucement, que se passe-t-il vraiment?

Clochette hésita un instant.

– J'ai perdu mon marteau, lâcha-t-elle enfin.

Dès que les mots furent tombés de ses lèvres, la fée se sentit soulagée. C'était comme si elle reprenait son souffle après s'être longtemps retenue de respirer.

– Ce n'est que cela? s'écria Terence.

Il en riait presque. Cela semblait si peu de chose!

– Mais tu pourrais en emprunter un à quelqu'un, dit-il.

Clochette lui parla alors du marteau qu'elle avait essayé de fabriquer avec un petit galet, puis de celui du Menuisier.

– Ni l'un ni l'autre ne conviennent, dit-elle. J'ai besoin d'un vrai marteau de Rétameuse.

– N'as-tu pas un marteau de rech... commença Terence.

– Si, j'en ai un ! interrompit Clochette d'une voix gémissante.

Elle n'en pouvait plus d'avoir tourné et retourné ce problème dans sa tête.

– Mais il est... il est resté... chez Peter Pan, ajouta-t-elle.

– Il ne veut pas te le rendre ? s'enquit doucement Terence.

Clochette secoua la tête.

– Je ne lui ai pas demandé, avoua-t-elle en se détournant.

Terence ne savait pas grand-chose au sujet de Peter Pan et de Clochette. Seulement qu'ils avaient été amis puis que, soudainement, ils avaient cessé de l'être. Mais il vit bien que

Clochette était toute retournée et toute gênée, alors il ne lui en demanda pas plus.

Une fois encore, Clochette ressentit une bouffée de reconnaissance envers Terence.

Ils restèrent assis en silence pendant un bon moment en regardant les étoiles.

– Je t'accompagne, si tu veux, lança soudain l'homme-hirondelle. Je viens avec toi chez Peter Pan !

Clochette se mit à réfléchir à toute vitesse. Si quelqu'un venait avec elle, ce serait peut-être moins difficile de voir Peter.

– Tu ferais cela ? demanda-t-elle.

– Clochette, dit Terence, n'oublie pas que je suis ton ami. Tu n'as même pas besoin de me le demander.

Il lui adressa un sourire radieux. Et, cette fois-ci, Clochette le vit et le lui rendit.

8

La plupart des fées dormaient encore, le matin suivant, quand Clochette gratta à la porte de la chambre de Terence. Elle voulait se dépêcher de partir pour le repaire de Peter avant que le cœur lui en manque.

Terence ouvrit en grand sa porte au premier signal.

– Prête à récupérer ton talent, Clochette-la-Rétameuse ? lui demanda-t-il avec un grand sourire.

Clochette sourit aussi. Elle était heureuse que Terence l'accompagne, et pas seulement parce qu'elle espérait récupérer son marteau. Ils quittèrent Pixie Hollow au moment où les rayons du soleil illuminaient la Montagne Tordue.

Bientôt, les deux compagnons survolaient les bananeraies, où les Tiffens travaillaient déjà dans leurs champs. Ils pouvaient entendre au loin les rires des sirènes dans le lagon.

– Tu vois ce sommet? demanda Clochette à son ami en tendant le doigt vers une montagne dont le sommet évoquait la forme crénelée d'une chaise. On l'appelle le Trône. Quand les Garçons Perdus jouent à la bagarre, le vainqueur est proclamé roi de la colline. Bien sûr, quand Peter vient, il gagne toujours. Les Garçons Perdus n'oseraient pas le battre, même s'ils le pouvaient! Et cette rivière, poursuivit-elle en montrant à Terence un ruban argenté qui serpentait à travers la forêt, elle conduit à une grotte souterraine

remplie d'or et d'argent. Le Capitaine Crochet et ses hommes y ont caché autant de richesses que pourrait en contenir un bateau de pirates !

Clochette retrouvait ses souvenirs. C'était elle qui avait découvert la grotte. Elle filait sur la rivière, à bord d'un petit canoë que Peter lui avait fabriqué dans une branche de bouleau, tandis qu'il la suivait en courant sur la rive. Mais soudain, la rivière avait plongé dans un gouffre, et Clochette avec ! Peter avait été si enthousiasmé par la découverte de la caverne secrète que Clochette en avait oublié d'avoir froid, alors qu'elle était trempée jusqu'aux os.

– Tu connais le Pays Imaginaire mieux qu'aucune autre fée du Royaume, déclara Terence avec admiration.

Clochette sentit un petit chatouillement de fierté, tout en contemplant l'île qui s'étendait sous eux. Terence disait vrai. Elle avait exploré le moindre pouce du Pays Imaginaire en compagnie de Peter. Chaque rocher, chaque prairie, chaque colline lui remémorait une aventure.

Bien sûr, ils lui rappelaient aussi Peter…

La fée eut une palpitation d'inquiétude. Qu'allait-elle ressentir en le voyant? Que se passerait-il si cette Wendy était là ou si Peter avait trouvé un autre compagnon de jeu? Et s'il ignorait sa présence, comme il l'avait déjà fait?

Clochette devint silencieuse. Sentant que la fée était soucieuse, Terence ne parla plus de tout le reste du trajet.

Comme ils atteignaient la partie la plus touffue et la plus sombre de la forêt, Clochette commença à descendre en vol plané, en décrivant un long virage. Terence la suivit et, bientôt, tous deux piquèrent dans la frondaison de gros figuiers. Ils se posèrent sur un champignon rouge moucheté de blanc, qui était presque aussi large qu'une assiette d'Empoté. Malgré l'ombre, Terence constata qu'il faisait chaud.

– C'est avec ce champignon que Peter et les Garçons Perdus dissimulent au Capitaine Crochet la cheminée de leur cachette, expliqua Clochette.

Ils se reposèrent un instant, puis Clochette s'élança du champignon jusqu'au tronc imposant d'un énorme arbre à pain. Elle s'approcha d'une cavité qui était creusée dans le tronc et s'apprêtait à y pénétrer, quand Terence lui saisit vivement le poignet.

– Et les hiboux ? s'exclama-t-il, inquiet.

Terence savait que si l'un d'eux vivait dans la cavité, il aurait vite fait de les dévorer.

Mais Clochette se mit à rire :

– Aucun animal n'oserait vivre ici, Terence ! Il aurait bien trop peur. C'est l'entrée de la cachette des Garçons Perdus !

Jetant un coup d'œil dans l'orifice, Terence constata en effet que l'arbre était entièrement creux, jusqu'aux racines. Tous deux y plongèrent.

Ils descendirent à l'intérieur du tronc jusqu'à une chambre située au-dessous du niveau du sol.

Une fois sur ses jambes, Terence regarda autour de lui. Le sol et les murs de la pièce étaient en terre battue et, du plafond, sortaient des racines auxquelles étaient suspendus des hamacs qui se balançaient mollement. Par terre était répandu tout un désordre de lance-pierres, de chaussettes et de bols sales en écorce de coco. Le tout était faiblement éclairé par les restes d'un feu qui rougeoyait dans un coin. Une odeur de chiots remplissait l'atmosphère, cette odeur qui est aussi celle des petits garçons.

Mais aucun d'eux n'était là. La cachette était vide.

« Il n'est pas chez lui », pensa Clochette, à la fois déçue et soulagée.

C'est alors qu'à cet instant ils entendirent quelqu'un siffler quelque part dans la tanière.

Les deux compagnons s'élancèrent. Leurs scintillements formaient deux tâches brillantes dans la pénombre. Bientôt, ils distinguèrent au fond de la cachette un renfoncement qu'on ne pouvait voir au premier abord. Le sifflement provenait de là...

Tournant dans l'encoignure, Terence aperçut soudain un garçon. Son visage était piqueté de taches de rousseur et surmonté d'une tignasse rousse. Il était assis sur une grosse racine tordue qui lui servait de tabouret et tenait un couteau de poche avec lequel, tout en sifflotant, il taillait un morceau de bois. Une canne à pêche était appuyée contre le mur derrière lui et, en regardant de plus près, Terence comprit qu'il était en train de façonner un hameçon : un hameçon assez grand pour attraper une baleine !

Clochette s'avança et elle vit enfin son vieil ami, Peter... La fée prit une grande inspiration :

– Bonjour, Peter !

Mais elle n'obtint pas de réponse. Peter continuait à siffloter tout en taillant son morceau de bois.

Clochette s'approcha un peu plus :

– Peter ! appela-t-elle.

Sans paraître avoir entendu, Peter sifflotait de plus belle en faisant sauter les copeaux de bois.

« Est-il sourd ? se demanda Clochette. Ou se pourrait-il qu'il soit fâché contre moi ? »

La fée était déconcertée. Elle n'avait jamais envisagé cette possibilité. Elle se mit à voleter au-dessus de Peter, ne sachant trop que faire. Prenant la main de son amie, Terence l'entraîna à quelques centimètres du visage de Peter.

– Peter ! crièrent-ils ensemble.

Enfin, Peter leva la tête et un sourire illumina son visage. Clochette sourit aussi jusqu'aux oreilles.

– Bonjour ! salua Peter. Mais qui êtes-vous ?

Son regard allait de Clochette à Terence.

– Deux papillons venus me rendre visite ! s'écria-t-il. Êtes-vous perdus, papillons ?

Le sourire de Clochette avait disparu. Elle et Terence regardaient Peter sans comprendre.

« Des papillons ? M'aurait-il déjà oubliée ? » songeait la fée, la gorge serrée.

Leur faisant un petit clin d'œil, Peter émit un sifflement admiratif.

– Vous êtes vraiment très jolis, dit-il. Et j'adore les papillons ! Vous feriez bel effet dans ma collection. Voyons, où ai-je mis mes épingles ?

Il se mit à fouiller ses poches, d'où tombèrent de petits objets qui roulèrent sous son siège : une plume de perroquet, une coquille d'escargot et un morceau de ficelle.

– En voilà une ! s'exclama-t-il.

Il brandit une épingle bien droite terminée par une boule de couleur. Celle-ci était assez grande pour transpercer un papillon – ou une fée – et l'épingler par le milieu du corps.

– Tenez-vous tranquilles ! commanda Peter.

Maintenant fermement son épingle dans une main, le garçon avança l'autre pour attraper Clochette et Terence.

– Fuyons ! cria Terence à Clochette.

Ils virent que les doigts géants du garçon allaient se refermer sur eux quand, d'un ultime coup d'ailes, ils s'échappèrent tous deux vers la sortie.

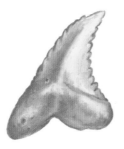

9

Terence et Clochette atteignaient les racines de l'arbre pour regagner le tronc, quand un grand éclat de rire fusa derrière eux.

Clochette s'arrêta net. Elle regarda par-dessus son épaule et écarquilla les yeux. Peter riait en se tenant les côtes.

– Oh, Clochette ! dit-il en s'étouffant à moitié. Vous auriez dû voir vos têtes. Des papillons ! Mon Dieu, que je suis drôle !

Et il fut secoué par une nouvelle salve qui le plia en deux, comme s'il avait mal au ventre.

Terence, qui précédait de peu Clochette, s'était arrêté aussi. Fronçant les sourcils, il rejoignit la fée. L'homme-hirondelle ne s'était encore jamais trouvé en face de Peter et il commençait à se dire qu'il n'allait pas beaucoup l'apprécier.

Mais le sourire de Clochette plissait toutes ses fossettes.

«Ce n'était qu'une plaisanterie! Peter se souvenait d'elle!»

Enfin, le garçon s'arrêta de rire. Il s'élança vers ses deux visiteurs, les yeux pétillants.

– Clochette! s'exclama-t-il. Quel plaisir de te revoir! Où donc étais-tu cachée?

– Bonjour Peter, répondit la fée. Je te présente mon ami Terence.

– Un garçon-fée! Génial! s'exclama Peter en se tournant vers l'homme-hirondelle.

Son sourire était si éclatant et il avait l'air si enthousiaste que toutes les réserves de Terence fondirent alors comme neige au soleil.

En vérité, il était impossible de ne pas aimer Peter Pan. Il avait en lui la vivacité du chiot, l'astuce du renard et la liberté de l'alouette : trois qualités réunies miraculeusement sous cette même tignasse de cheveux roux.

– Tu ne devineras jamais ce que j'ai chez moi, Clochette ! s'écria-t-il. Viens voir !

Peter Pan parlait comme si la fée n'avait été absente que quelques heures et qu'elle revenait jouer.

Conduisant ses visiteurs jusqu'à un recoin de son domaine, il s'arrêta devant une petite niche creusée dans le mur. Peter Pan en sortit une boîte à cigares en bois, sur laquelle on pouvait lire : « Tarentule », marqué au fer rouge sur le couvercle. C'était le nom des cigares que le Capitaine

Crochet fumait. Peter avait trouvé la boîte vide sur la plage, là où Crochet l'avait jetée.

– C'est mon coffre à trésors et j'y garde toutes mes affaires les plus précieuses, expliqua Peter à Terence. Les Garçons Perdus savent qu'ils n'ont pas intérêt à aller farfouiller là-dedans !

– Au fait, où sont-ils ? interrogea Clochette.

Peter réfléchit un instant.

– Ils sont sans doute toujours cachés, répondit-il enfin. On jouait à cache-cache hier, dans les bois, mais quand mon tour est venu de les chercher, j'ai vu un chat sauvage qui était à l'affût d'un lapin. Évidemment, je voulais savoir s'il l'attraperait, alors je l'ai suivi. Je crois que j'en ai complètement oublié les Garçons Perdus...

– Crois-tu qu'ils se sont perdus ? s'enquit Terence.

Peter eut un sourire taquin :

– Évidemment qu'ils se sont perdus. Puisque ce sont les Garçons Perdus ! J'irai les chercher plus tard. De toute façon, ajouta-t-il en haussant les épaules, le chat sauvage n'a même pas réussi à attraper le lapin. Et maintenant... commença Peter en soulevant le couvercle de sa boîte.

Plongeant sa main, il en sortit un petit objet, qu'il tendit à plat sur sa paume à Clochette et Terence. Cet objet était d'un blanc ivoire, de forme triangulaire, avec des sommets pointus et des côtés tranchants comme des rasoirs.

Dans son excitation, Clochette pressa ses mains l'une contre l'autre.

– Oh! cria-t-elle de joie, tu l'as eu finalement!

– Qu'est-ce que c'est? demanda Terence.

– Une dent de requin, répondit Peter avec orgueil. N'est-elle pas géniale? Je vais la mettre à un cordon et en faire un collier.

– La première fois que j'ai rencontré Peter, expliqua Clochette en se tournant vers Terence, il essayait de s'emparer de la dent d'un requin.

– C'est exact! confirma Peter. J'avais parié avec les Garçons que j'arriverais à voler une dent à un requin vivant. Donc, après avoir construit un petit radeau en bouleau, voilà que je ramais vers le large... Il n'y avait rien à l'horizon.

À sa façon de commencer son histoire, Terence comprit que Peter l'avait déjà racontée bien souvent et qu'il ne s'en lassait pas.

– Je venais de passer la barrière de corail, continua-t-il, quand j'ai senti quelque chose qui cognait sous mon radeau.

– Le requin? interrogea Terence.

Peter acquiesça.

– Il cherchait son déjeuner. Ce qu'il ne savait pas, c'est que moi aussi j'étais à sa recherche!

– Mais comment pensais-tu t'y prendre pour lui enlever une dent? s'enquit Terence.

– J'avais prévu de l'étourdir d'un coup de rame et je lui aurais pris sa dent pendant qu'il était dans les pommes, répondit Peter. Mais il était plus grand que je ne l'imaginais. Avant même que j'ai eu le temps de dire ouf, il a coupé mon petit radeau en deux d'un coup de mâchoire! J'ai coulé aussi sec en pensant que ma dernière heure était venue. Quand, soudain, j'ai entendu un petit tintement au-dessus de moi. J'ai levé les yeux et qui était là? Clochette! Elle me criait:

– Envole-toi vite, espèce d'idiot! s'exclamèrent avec un bel ensemble Clochette et Peter en riant comme des fous.

– Mais je ne savais pas comment voler, continua Peter. Alors Clochette m'a montré en vitesse! Elle a répandu un peu de poussière de Fées sur moi et, avant même que je comprenne ce qui m'arrivait, j'étais parti dans les airs, hors de portée du requin. Si tu avais vu la tête qu'il faisait!

Clochette montra la dent:

– Alors, tu y es retourné et cette fois, tu as réussi, Peter?

– Même pas, répondit Peter en haussant les épaules. C'est une sirène qui m'en a fait cadeau. Mais maintenant, je vais aller le trouver pour avoir sa peau ! acheva-t-il en montrant du doigt la canne à pêche et le crochet en bois qu'il venait de façonner.

Clochette et Peter éclatèrent de rire.

Terence sourit. Il était content de voir Clochette si heureuse. Mais ça le rendait aussi un peu triste. Et si elle décidait de rester là, dans les bois, avec Peter ?

Oui, Clochette était heureuse. Elle avait découvert que ce n'était pas si difficile de revoir Peter. Elle avait seulement eu besoin d'un ami pour l'aider.

Remarquant le sourire de Terence, elle le lui rendit. C'est alors qu'en voyant quelque chose dans la boîte à cigares, ses yeux s'agrandirent.

– Mon marteau ! s'écria-t-elle.

– Je l'ai gardé précieusement pour toi, Clochette ! fit Peter fièrement. Je savais que tu reviendrais le chercher un jour.

Clochette saisit son cher marteau. Il allait parfaitement à sa main. Doucement, elle en tapota la paume de son autre main, puis ferma les yeux et soupira de bonheur. Elle était

heureuse et apaisée, comme quelqu'un qui revient chez lui après une longue absence.

Puis, à la grande joie et au grand soulagement de Terence, elle se tourna vers Peter et dit:

– J'ai été vraiment contente de te revoir, Peter! Mais maintenant nous devons repartir au Royaume des Fées.

Peter dévisagea la fée d'un air surpris.

– Comment? Déjà? Et notre partie de cache-cache?

Clochette secoua la tête. Elle s'apercevait qu'elle n'avait pas envie de rester, ni pour une partie de cache-cache ni pour quoi que ce soit d'autre... et ça, c'était une sacrée bonne nouvelle! Elle voulait rentrer à Pixie Hollow, retourner à ses pots et ses casseroles. Sa vie était là...

La fée s'approcha si près de la figure de Peter qu'il dut loucher pour la regarder. Alors, elle lui donna un petit baiser sur l'arête de son nez piqueté de taches de rousseur.

10

Une dernière chose tracassait Clochette sur le chemin du retour. Elle ne voulait pas que toutes les fées de Pixie Hollow apprennent l'histoire du marteau et sa visite à Peter. Elle avait assez souffert comme ça de tous ces potins qui avaient couru dans le Royaume...

La fée s'apprêtait à demander à Terence de garder le secret, quand l'homme-hirondelle se tourna vers elle :

– Je pense que personne n'a besoin d'être au courant de notre petite excursion, dit-il. Qu'en penses-tu ? Tu as récupéré ton marteau et c'est la seule chose qui compte…

Clochette acquiesça de la tête avec un sourire radieux. Terence était un véritable ami !

– Le seul problème, reprit-il, c'est comment montrer à tout le monde que tu as retrouvé ton talent.

Clochette réfléchit un instant.

– J'ai mon idée, fit-elle.

Sans hésiter, elle l'entraîna d'une traite jusqu'à Pixie Hollow. Là, parvenue à l'Arbre-aux-Dames, elle monta droit aux appartements de la Reine. Une des dames d'honneur lui ouvrit la porte.

– Bienvenue, Clochette ! lui dit-elle.

– Je suis venue réparer la baignoire de la Reine, annonça Clochette.

Terence, qui se tenait derrière la fée, arbora un large sourire. Vraiment, Clochette était très maligne. C'était effectivement la meilleure façon de prouver qu'elle avait retrouvé son talent.

L'homme-hirondelle ne doutait pas un instant qu'elle parviendrait à réparer la baignoire, puisqu'elle était la meilleure Rétameuse du Royaume.

Mais la dame d'honneur hésitait. Tout le monde avait entendu dire que Clochette avait perdu son talent. Elle était sur le point de refuser, quand la Reine s'avança. Elle avait entendu la requête de Clochette.

– Entre donc, Clochette ! lui dit-elle.

– Je suis venue réparer ta baignoire, répéta Clochette.

La Reine regarda la fée. Dans ses yeux bleus, elle retrouva la détermination farouche qu'elle connaissait si bien et que Clochette avait perdue, quand elle lui avait rendu visite au Belvédère.

La Reine acquiesça.

– Montre la baignoire à Clochette, dit-elle à sa dame d'honneur.

Celle-ci eut un mouvement de surprise mais, obéissant à la Reine, elle invita Clochette à la suivre. La fée allait s'éloigner, quand Terence lui saisit la main :

– Bonne chance, lui dit-il.

Montrant son marteau à l'homme-hirondelle, Clochette lui pressa la main :

– De la chance ? fit-elle. Je crois que je n'en ai plus besoin maintenant !